LES SECRETS DE L'ALLÉE COURBET

Collection conçue par Henry Dougier et dirigée par Claude Mesplède

« Noir urbain » veut saisir au travers de fictions courtes, incisives, focalisées sur un fragment précis d'une ville, l'esprit du temps, les gens et les mœurs d'aujourd'hui. Comme le grand roman noir, ethnographique des milieux urbains contemporains.

www.autrement.com

LES SECRETS DE L'ALLÉE COURBET

Georges-Jean Arnaud

Photographies de Stéphanie Léonard

Éditions Autrement **Noir urbain**

La chambre de Félicia Serventi donnait sur l'allée de l'Amiral-Courbet et la corderie de l'Arsenal. Celle-ci étirait le long de l'Arsenal ses nombreuses portes et fenêtres, près de soixante-dix se souvenait Julia qui en perdait toujours le compte quand elle était enfant. Jadis les bagnards y tordaient les cordes de chanvre à longueur de journée. Juste en face se tenait la bibliothèque de la marine où Julia dénichait ses documents pour l'histoire de Toulon qu'elle espérait écrire un jour. En ouvrant la fenêtre on pouvait entendre les sirènes des bateaux et parfois celle du porte-avions quand il n'avait pas d'ennuis avec ses hélices. Sur la droite, en se penchant, on distinguait la masse grise de la prison et petite fille elle basculait le haut de son corps pour se donner des frissons à la pensée d'y être enfermée. C'était dans cette chambre que la mère de Julia agonisait depuis des jours après un long séjour à l'hôpital. Le dernier sûrement après une interminable série. « Peut-être un mois, deux au mieux » disait à chaque visite le médecin qui sans s'en rendre compte prolongeait le sursis de la malade d'autant. « N'oubliez pas le patch bien avant le retour de la douleur. » Et ce matin-là Julia avait autre chose en tête que cet autocollant de morphine.

– Madame Sémillon est morte hier après-midi dans sa propriété du Cap Brun, dit-elle, soutenant le regard perplexe de sa mère. Officiellement d'une crise cardiaque, mais tout le monde sait qu'elle faisait discrètement soigner sa cirrhose à Paris.

Félicia Serventi ne cillait pas, conservait malgré son mal son habituelle innocence dans le bleu du regard. Capable de recevoir la pire nouvelle sans émotion apparente.

– Monsieur Sémillon a fait savoir que, très affecté par le décès de son épouse, il ne recevrait personne. Pourrier, mon confrère journaliste qui fut et reste l'un de ses pro-

ALLÉES
AMIRAL COURBET

ches n'a pu se rendre là-bas. Notre ancien ministre ressasse son chagrin et bien autre chose également.

Elle ouvrit sa serviette, en sortit la photocopie réduite d'une première page de son journal.

17 avril 1983, la petite Nina reste introuvable malgré le paiement de la rançon. Il y a une photographie de la fillette, trois ans. Je ne sais pourquoi j'ai souvent relu ces articles sur l'enlèvement. Chaque fois qu'il était question de Sémillon dans la rédaction, il y avait quelqu'un pour rappeler cette histoire qui me perturbait ensuite pour la journée. Sémillon, ses turpitudes, ses corruptions, ses relations douteuses, ses non-lieux à répétition avaient fini par lasser tout le monde, mais l'évocation de la disparition mystérieuse de cette enfant est toujours source d'émotions et de perplexité. Regarde.

Félicia continua de fixer la jeune fille, dédaignant la photocopie que celle-ci présentait à son regard et finissait par la déposer sur son lit.

– Évidemment dès le décès de Mme Sémillon connu, nous avons ressorti toute l'affaire des archives mais nous ne la publierons peut-être pas. Elle écœure certains, en effraye d'autres. On y relève trop de détails troublants sur les Sémillon d'abord, la police, la justice, le rôle de l'entourage. Pourrier, toujours aussi lié à l'ancien ministre aurait bien voulu censurer certains détails en cas de nouvelle publication, mais le rédac en chef l'a envoyé paître.

La grande scène, la veille, avec habituelles menaces de démission à la clé. À cause surtout de la photographie. Pourrier hurlait qu'il ne fallait pas la passer, que le journal qui devait tant à Sémillon devait l'épargner dans ces moments douloureux. « Moments douloureux ? À d'autres, il ne supportait plus sa femme. On ne lui doit plus rien, ricanait le rédac en chef, toi seul crois encore à son importance, il n'existe plus dans le paysage politique. » Il aimait bien cette association entre deux mots aussi antagonistes.

– Je n'avais jamais vu la photo, juste sa reproduction dans le journal, murmurait Julia. Elle est bizarre cette gosse, tu ne trouves pas. On a essayé de la prendre à son avantage mais n'empêche qu'elle a comme une grosseur au bas du visage. L'avait-on maltraitée et en la frappant lui

avait-on tuméfié les lèvres ? J'ai voulu en savoir plus et tu ne sais pas ? J'ai retrouvé la nounou engagée bien avant son entrée dans la famille Sémillon. Maintenant elle travaille dans une belle résidence de la corniche du Faron.

Chaque fois qu'elle escaladait les pentes du mont Faron, lieu résidentiel de Toulon, elle revoyait avec émotion depuis ce panoramique du film de Grémillon, *L'Étrange Monsieur Victor* avec Raimu et Pierre Blanchard. Ce dernier échappé de prison redécouvrait sa ville et surtout la rade de ces hauteurs arides à l'époque.

– Une maison de retraite pour vieux pleins de fric. Elle ne voulait rien dire, avait peur, elle aussi se figure que Sémillon peut encore nuire. De toute façon je l'ai prévenue, on citera votre nom Mme Lopez. Il y a vingt et un ans vous avez même figuré sur une des photos de la une, quand les Sémillon ont enfin révélé que la petite fille avait été enlevée, que la rançon avait été payée et que Nina n'avait pas été rendue. Ils ont attendu huit jours avant de convoquer le procureur chez eux au Cap Brun. Huit jours après avoir abandonné une serviette en cuir remplie de billets de cinq cents francs. Dont ils avaient oublié de relever les numéros. Dans leur affolement, ont-ils expliqué pour se justifier. Comme si ces gens-là pouvaient s'affoler parce qu'une petite Colombienne, candidate à l'adoption, se fait enlever même pas quinze jours après son arrivée en France. Une petite orpheline, rien n'est moins sûr, peut-être achetée à une famille démunie ou volée, livrée par une filière des plus suspectes à une Mme Sémillon en mal d'enfant, a-t-on dit. Un caprice de poivrote à tous les coups.

Julia reprit la photocopie, la plaqua presque sur le visage de Félicia. Elle dut se maîtriser pour retenir son geste, préféra s'éloigner du lit.

– La regarderas-tu enfin cette gosse ? Ne mérite-t-elle pas un regard, un seul ?

La photocopie recouvrait le visage déjà cadavérique, palpitait au rythme de la respiration. Dans un souffle épuisé, un râle, Félicia Serventi réussit à décoller la feuille de son visage. Celle-ci glissa sur le côté du lit. La malade avait fermé ses paupières.

– On a parlé de trois millions de rançon, trois millions de francs bien sûr, les euros n'existaient pas encore, mais les Sémillon, quant à eux, n'ont jamais précisé le montant de la rançon. La nounou embauchée dans l'éventualité de l'arrivée de la petite Nina n'en sait rien non plus. Elle n'est restée que deux mois chez eux après le drame. On lui a payé une année de salaire et basta. Au revoir, chère Fernande. Fernande Lopez, c'est son nom. C'est la raison du choix des Sémillon. D'origine espagnole et se débrouillant dans la langue paternelle. Elle m'a donné du fil à retordre, mais j'ai su que l'après-midi elle faisait des rangements dans l'église Saint-Louis, bénévolement car c'est une bigote. Je l'y ai retrouvée et, dans ce lieu sacré pour elle, elle n'a pu se défiler. Elle regardait autour d'elle avec effroi comme si Dieu allait la foudroyer, sans trop savoir si elle devait se taire ou révéler les dessous de cette affaire.

Elle prit une autre photocopie dans sa serviette, la parcourut, les sourcils froncés.

– Ceci est la copie de la lettre anonyme revendiquant l'enlèvement et ordonnant qu'on reste près du téléphone. Pas d'autres précisions, le montant de la rançon par exemple. Tout se serait conclu ainsi au téléphone. Tu vois la lettre est faite de mots découpés dans un journal, le même où je travaille aujourd'hui. Un stagiaire de l'époque a réussi à découvrir quel exemplaire avait été utilisé pour ce travail misérable. Il en existe des photocopies, avec les mots encadrés au marqueur.

Elle reprit les deux photocopies et les plia lentement sans cesser de surveiller la malade qui ne paraissait pas vouloir rouvrir les yeux.

– Ce qui m'intriguait le plus depuis pas mal de temps, c'était cette malformation autour de la bouche de la petite fille. Et, sur le cliché original, elle est encore plus apparente. Au journal, ils affirment que c'est une ombre portée sans importance, mais moi je suis certaine que c'est bien autre chose. Je voulais en savoir plus et Mme Lopez, tant que je l'interrogeais là-haut dans cette luxueuse maison de retraite, faisait des manières, se sentant en quelque sorte protégée. À force de fréquenter les riches gâteux, elle prend des airs de bourgeoise condescendante. Par contre, dans l'église Saint-Louis c'est autre chose. Elle se sent plus vulnérable sous le regard de son Dieu et je n'ai pas hésité à lui dire, d'une voix haute qui résonnait et faisait se retourner les rares dévotes présentes : « Oseriez-vous dans cet

TERRAIN MILITAIRE
ACCES INTERDIT
TOUT CONTREVENANT S'EXPOSE
AUX PEINES PREVUES PAR LA LOI
ART-4.13.5 DU CODE PENAL

endroit consacré à la piété et à la vérité, dissimuler ce qui vous a choquée dans l'attitude de vos patrons ? » Elle a craqué. Et grâce à elle j'ai pu convaincre mon rédacteur en chef de m'envoyer chez les Sémillon. Il avait obtenu de l'ex-ministre qu'un journaliste et un seul se rende au Cap Brun. Tu te rends compte ? Alors que ce lèche-bottes de Pourrier a été refoulé, moi je suis admise à rendre visite à ce personnage douteux, là-bas dans sa fabuleuse propriété. On dit que, dans le temps, il l'a payée en liquide avec de l'argent que lui remettaient un certain nombre d'entrepreneurs de la région. Une ruine, rénovée gratuitement grâce à ces mêmes entrepreneurs ou promoteurs immobiliers. Le rédacteur en chef m'a mise en garde. Il y a un gardien armé à l'entrée et deux ou trois jardiniers costauds, certainement pas des champions de la taille des haies ou de la tonte des pelouses. Et moi, petite journaliste du canard régional, je vais être reçue par le maître des lieux. Tu crois qu'ils vont exiger de me fouiller, façon de me peloter en douce ?

Elle s'approcha de la fenêtre. Quand viendrait midi, ceux qui ne déjeunaient pas à l'intérieur sortiraient de l'Arsenal.

St-François
de la
République
Poste
Rue
Douane

Par la petite porte, l'autre, la monumentale, symbole de la survie ouvrière de la ville, fierté attendrie des Toulonnais et aussi objet de plaisanteries du genre : « Ton histoire c'est gros comme la porte de l'Arsenal », étant réservée aux hauts personnages en visite officielle. Peut-être attendait-on l'un d'eux car elle pouvait voir des gendarmes maritimes en faction.

– Pour le moment c'est tout ce que j'ai à te dire mais j'espère en savoir plus grâce à cette rencontre. Mme Lopez fut pleine de réticences malgré l'endroit où nous nous trouvions, mais je pense qu'elles se dissiperont quand je la reverrai après cette visite. Elle se cramponne à l'obligation de réserve attachée à sa profession, joue les indignées. Pour ta part, tu n'as rien à me dire je suppose ? Comme d'habitude. Je suis une fille ramassée, je ne sais trop où, qui n'a pas le droit d'en apprendre plus sur son origine ? J'ai la peau très brune, les cheveux très noirs, une certaine attirance pour tout ce qui est espagnol et, quand je suis entrée au collège, tu as refusé que je choisisse cette langue à la place de l'anglais. Même plus tard comme deuxième langue. Tu sais, pour une gosse à l'affût du moindre indice comme je l'ai toujours été et comme je le suis encore, c'est troublant. Comme bien des enfants le font en secret, je rêvais, romantique en diable, d'une origine noble et riche. On dit que les secrets de famille peuvent conditionner dangereusement toute une existence. N'as-tu jamais redouté que j'entretienne dans mon for intérieur des pensées inquiétantes, hostiles ?

Elle attendit, haussa les épaules, se dirigea vers la porte, prenant sa serviette au passage puis, au moment de sortir, s'exclama :

– Oh, j'allais oublier !

Elle retourna vers la commode, préleva un patch de morphine, dénuda l'épaule squelettique de sa mère adoptive et l'appliqua.

– Voilà un peu de baume sur ta douleur physique. Pour l'autre, la morale, je n'ai rien de bien efficace à te proposer. Mais avec ta force de caractère tu y suppléeras

Elle roula rue de la République, tournant la tête à droite pour chaque échappée vers le port besogneux. Quel architecte avait pu concevoir cette barre de logements, confisquer la vue sur la mer. Alors que la ville en 1944 était en partie détruite par les bombardements américains et que tout était à reconstruire, avec l'occasion unique d'ouvrir la ville vers le large, vers la magnifique rade, la plus belle au monde affirmaient les marins de la Royale, on avait élevé des immeubles laids. Et le modernisme de l'actuelle mairie soutenait encore plus le contraste. Elle eut un regard en coin pour Cuverville, cette statue symbolisant le génie de la mer et qui, effectivement, tournait le dos à la ville. « Joli petit cul », pensait-elle chaque fois. Elle longea le port de commerce, continua vers le Mourillon, le Cap Brun où de belles villas se la jouaient parfois palais italiens. La mer à la limpidité tahitienne, verte aux reflets roses, les rochers, la végétation profuse, grasse, luisante de soins onéreux, juste pour le plaisir jaloux de quelques privilégiés. Et, en contrebas, le sentier du douanier pour que les promeneurs viennent ressasser leur envie.

Le journal avait envoyé Minot, le vieux photographe, montrant par ce choix le peu d'importance accordée à cette mort d'une femme d'ex-ministre bien oublié. Ce surnom de Minot venait de sa petite taille, limite nain, de son air angélique d'enfant de chœur. Deux grands draps noirs aux larmes et croix d'argent se gonflaient de mistral, voiles de deuil d'un départ définitif, au grand portail d'honneur. Tout autour, tapis dans la verdure et un anonymat de bon aloi vivaient les importants de cette région.

– Le gardien m'a déjà crié depuis la grille que je ne serais pas de la rencontre et en vrai ça me soulage. Cet endroit me flanque la trouille. Et pourtant que c'est beau. J'attendrai que tu ressortes, des fois qu'ils aient l'arrière-pensée de te garder, murmura Minot en regardant autour de lui, comme sur ses gardes.

– C'est quand même pas le parrain don Corleone, M. Sémillon.

– Tu es fraîche dans le métier, coco, dans un autre contexte. En trente-cinq ans, on en accumule des histoires, des pas belles, des tragiques et des effrayantes. Ça remodèle un homme, tu sais. J'ai pris juste un cliché de l'endroit, façon manoir sinistre j'espère. Grâce au filtre. Si on me la refuse, je la joindrai à mon exposition annuelle.

Chemin
de
la
Douaniers

Dès qu'elle approcha, le portillon à gauche de la grille s'entrebâilla, se referma aussi sec derrière elle aussitôt qu'elle se fut faufilée, de crainte que Minot ne s'engouffre à sa suite. Sur le seuil de son pavillon le gardien obèse la regardait, goguenard. Un jardinier, du moins il en portait le tablier et les gants aussi neufs qu'au premier jour, venait à sa rencontre. De sa poche ventrale jaillissaient les longues lames luisantes d'une cisaille. Sans un mot, il fit demi-tour et elle le suivit, soudain oppressée. Après ce qu'avait laissé entendre Minot, stupide de se laisser gagner par ses fantasmes ?

Elle escalada le perron de marbre, pénétra dans un grand hall, perdit son regard à la recherche d'un plafond trop haut, s'arrêta net. Le cercueil était là, monumental et pourtant perdu dans d'immenses entassements de fleurs et de verdure. Effrayante, jugea-t-elle, une telle abondance de témoignages hypocrites. L'odeur des cierges et celle des fleurs la firent reculer mais Sémillon l'attendait sur la gauche, méconnaissable, hors du souvenir des photos de presse, petit vieillard malingre aux cheveux blancs trop longs, au nez décharné. Elle frissonna en pensant que cet homme-là avait disposé d'un pouvoir excessif. Il eut un geste impatient de la main pour qu'elle se hâte de le rejoindre. Mais quand elle approcha, au lieu de s'effacer pour la laisser pénétrer dans sa bibliothèque, il reculait, soudain perplexe, le regard glauque sous des paupières trop molles.

– Uniquement par considération pour l'organe de presse que vous représentez…, commença-t-il.

Cette périphrase la libéra de son angoisse, la fit sourire. Sémillon se voyait-il encore à la tribune de l'Assemblée ou dans quelque lieu officiel ?

–… j'ai fait une exception, finit-il par conclure.

S'il survivait, et elle avait la conviction qu'il se cramponnait avidement à cette existence d'honneurs et de richesses indus, il devrait se faire opérer, réduire la peau en surcharge de ses paupières qui, inlassablement, coulaient sur son regard. Alors, d'un index tremblant, il suppléait au muscle défaillant.

– Je me limiterai à la déclaration d'une grande sobriété que j'ai rédigée au sujet de ma chère épouse. Elle fut auprès de moi durant ces longues années, consacrées au bien public, la compagne idéale, discrète et patiente et soutint de toutes ses forces et de tout son amour la tâche politique que j'avais entreprise. Nous savions très bien l'un et l'autre que notre vie de couple, notre vie commune, notre vie familiale seraient hérissées de difficultés, d'abnégations et de renoncements. Ce sera tout.

Sans même s'asseoir à son bureau, il ouvrit le tiroir central et en sortit un feuillet qu'il relut, plia en quatre, glissa dans une enveloppe. Il en arracha la bande protectrice, la colla avec soin. Penché sur le sous-main en cuir havane, il rédigea quelque chose.

– C'est désormais Jérossian le rédacteur en chef du service politique ?

Il soupira de désapprobation, sembla-t-il.

– Ceci est pour lui.

– Vous ne l'adressez pas à Julien Pourrier qui suivit fidèlement votre carrière, fut en quelque sorte votre biographe dans une série d'articles parus au fil des années ? Il fut dans ce département du Var votre meilleur soutien à mon humble avis et, de ce fait, est devenu une référence lorsqu'on veut écrire sur vous.

Interloqué, il resta appuyé des deux mains à son bureau, essayant de la fixer avec mépris malgré ses paupières obstinées à voiler son regard. Il dut se redresser pour les relever de son index. Un tic qui devait se répéter des dizaines de fois dans une journée.

Ce mépris lui redonna toute son agressivité habituelle. Que croyait-il, ce débris humain, ce reliquat d'un bourbier politique, qu'elle n'était qu'une stagiaire intimidée ?

– Pourquoi est-ce moi, jeune journaliste débutante, donc inexpérimentée selon votre jugement actuel, qui ai l'honneur d'être reçue dans cet endroit splendide, continua-t-elle avec une tranquille audace que l'accélération de son cœur troublait à peine.

– Vous ne manquez pas… commença-t-il.

Là, il haussa les épaules, montrant qu'il n'allait pas perdre de temps avec une jeune insolente :

– Vous regardez trop la télévision, dit-il moqueur, comme tous les gens de votre âge, et la goujaterie de ces impudents qui coupent sans cesse la parole à leurs invités vous paraît donc un exemple à suivre digne d'admiration. C'est fâcheux. Lorsqu'on débute dans une feuille de chou, on doit la jouer modeste ma petite. Très modeste. Surtout en province.

– Feuille de chou qui vous a fidèlement accompagné durant des décennies et tout de même tirée à quatre-vingt mille exemplaires par jour. Pourrier en sera fort peiné lorsque je lui rapporterai votre jugement sur notre quotidien. Pouvons-nous justement évoquer en quelques mots votre chère compagne, que je puisse communiquer à nos lecteurs l'émotion ressentie devant votre détresse.

Il se laissa piéger par cette invite, lui qui n'avait jamais résisté longtemps aux sollicitations insistantes des médias, aux occasions d'user de quelques trémolos.

– Votre femme serait-elle morte de chagrin ? Un chagrin vieux de vingt et un ans, l'enlèvement de cette petite fille colombienne qui venait d'arriver dans votre foyer et comblait ses aspirations maternelles, éventuellement vos désirs de paternité ?

Elle sortit les photocopies, déplia celle où la fillette apparaissait en photographie, crut que Sémillon allait reculer loin d'elle. Il ne fit pas un geste pour prendre le feuillet qu'elle déposa sur l'immense plage du bureau.

– Juste une question, monsieur le Ministre. Je ne vous importunerai pas avec cette douloureuse affaire, mais je voudrais savoir si vous avez quelque idée sur le sort réservé à cette enfant ? On n'a jamais retrouvé la moindre trace, la moindre piste et, personnellement, j'ai l'impression qu'on l'a effacée du monde des vivants avec une certaine désinvolture. Mais je voudrais aussi, si vous le voulez bien, que vous me précisiez un détail qui me préoccupe depuis pas mal de temps.

Elle pointa son doigt sur le bas du visage de l'enfant.

– Ceci m'intrigue. Si vous examinez sa bouche, vous ne pouvez manquer d'apercevoir une anomalie. Le photographe s'est quelque peu ingénié à la masquer mais elle reste apparente. On pourrait croire que Nina a reçu un coup violent à la base du visage, mais je pense qu'il s'agit d'autre chose.

– Qu'essayez-vous d'insinuer, alors qu'aujourd'hui je pleure une épouse dévouée et discrète, que nous frappions cette petite ?

Épouse discrète ? Alors que toute la ville de Toulon et le département, puisque Sémillon avait commencé comme élu au Conseil général, se régalaient de ragots sur les frasques de madame ?

– Je n'ai jamais pensé une telle chose, affirma-t-elle avec un grand sérieux, mais qu'en est-il exactement ? Vous qui avez pu la voir durant plusieurs jours ici même, vous avez certainement remarqué cette anomalie. C'était juste une question qui me tracasse depuis que j'ai été chargée de regrouper tout ce qui vous concerne. Mais si ma question vous gêne, restons-en là. Je prends donc cette enveloppe pour Julien Jérossian et je me retire. Un simple coursier aurait fait l'affaire, je pense, mais j'ai été extrêmement flattée d'être désignée.

– Écoutez, mademoiselle, vous n'avez pas compris que c'est votre rédacteur en chef qui a décidé que ce serait vous. Je vous remercie de votre visite et je vais vous faire raccompagner.

– Ma mère adoptive fut épouse Soulier et même, si moi, je suis enregistrée sous son nom de jeune fille, n'empêche que l'on m'appela longtemps Soulier. À l'école, on me surnommait Godasse, dit-elle, sans esquisser le moindre mouvement vers la porte. Je trouvais que ça faisait sale comme, excusez-moi le mot, dégueulasse. J'aurais préféré mocassin par exemple. En ce qui concerne cette photo, je suis allée consulter une amie médecin, et elle m'a affirmé que l'anomalie de la bouche de Nina était due à un bec-de-lièvre accentué par une première tentative de correction chirurgicale maladroite.

Sémillon assurait sa démarche hésitante d'une main glissant le long du bureau, puis sur le dossier d'un fauteuil pour visiteur. Il pouvait de là atteindre la poignée de la double porte capitonnée de cuir vert, car sa détermination de l'entraîner vers la sortie était son urgence.

– Auriez-vous connu ce Victor Soulier qui aurait pu être mon père adoptif s'il n'avait abandonné sa femme ? demanda-t-elle. Vaguement brocanteur, il avait pris la succession du vieux Serventi, le père de ma mère adoptive, s'occupait allée Amiral-Courbet, où nous habitons toujours, d'une boutique d'objets militaires, spécialement des insignes anciens, de tout ce qui touchait à la marine nationale bien sûr dans un port comme le nôtre. Il avait pour clients bien des marins étrangers et c'est ainsi que les Russes lui cédaient du caviar, les Américains des cigarettes qu'il revendait avec bénéfice. Il vivotait ainsi mais, lors des élections, il rejoignait les équipes de gros bras colleurs d'affiches et, justement, c'étaient les vôtres.

– C'était le comité local de mon parti qui s'occupait de ces détails. Je ne pouvais connaître tous les bénévoles qui se dévouaient pour notre cause, et nul ne peut me reprocher qu'ils aient compté des éléments douteux.

– Sauf que Victor Soulier ne fut jamais bénévole et se faisait payer. Savez-vous qu'il a disparu un beau jour et qu'on ne l'a plus jamais revu ? On ne l'a pas beaucoup recherché. Parce qu'il n'en valait pas la peine ou parce qu'on était soulagé d'être débarrassé de lui ?

– J'en suis désolé pour vous mais je ne vois pas l'intérêt de cette conversation et ne peux prolonger cet entretien. Je vous souhaite de réussir dans votre carrière, Mlle Soulier, mais, si je peux me permettre un conseil, sachez que l'impudence peut nuire gravement.

– Comme le tabac, sourit-elle, en se dirigeant vers la porte cette fois. Impudence ou imprudence ?

Elle s'immobilisa net à sa hauteur :

– Ce dut être un choc désagréable pour votre chère épouse de découvrir que la petite Colombienne tant attendue était défigurée par un bec-de-lièvre mal traité. Et cette déception se doubla ensuite de cet enlèvement criminel et de la disparition à tout jamais de la petite Nina. Lorsque vous me parliez tout à l'heure des aspérités qui avaient surgi tout au long de votre longue carrière, je pense que cette tragédie doit en être une, n'est-ce pas ? La plus cruelle ? Peut-être pas ! En ces quinze jours où elle vécut ici, il vous fut peut-être difficile d'éprouver une grande affection pour cette enfant enlaidie par sa déformation buccale. Peut-être même n'occupait-elle pas dans votre cœur toute la place qu'elle pouvait espérer y trouver. Bien sûr, n'importe quel autre couple, moins médiatisé, aurait pu demander à l'organisme qui s'occupait de ces transactions d'adoption de reprendre l'enfant défigurée, de l'échanger contre une autre mais, dans votre position, vous imaginez le scandale ? Vous n'étiez pas encore ministre à l'époque, secrétaire d'État au Tourisme, je crois... Non, aux Handicapés ? C'est ça, les handicapés. Quelle coïncidence stupéfiante ! La petite Nina relevait directement de votre ministère. Et si vous vous étiez débarrassé d'elle, les commentaires se seraient révélés mortels pour votre carrière.

Il découvrait son visage à moins d'un mètre de lui et fixait cette bouche imperceptiblement flétrie qui articulait ces commentaires sans nuances. Flétrie par l'amertume à vingt et quelques années ? Pensait-il peut-être, comment était-ce possible ? Y avait-il une autre explication trop dérangeante ? Il laissa retomber ses paupières sans prendre la peine de les relever de son index tremblant, pressé de ne plus voir ce joli visage et surtout ces lèvres désabusées.

– J'ignorais tout, avant de devenir journaliste au quotidien local, de cette tragique affaire et, bien entendu, j'ai relu tous les articles la concernant. Toute la ville fut bouleversée et on peut dire que ce fut la France entière qui le fut également. Votre nom fut désormais familier à des millions de personnes. Il vous fut difficile d'admettre, je suppose, à vous et à votre épouse en proie à une douleur profonde, qu'un drame aussi épouvantable vous propulse ainsi dans une célébrité que vous n'aviez pas cherchée, mais qui, par la suite, s'avéra opportune pour votre car-

HYÈRES
LA GARDE
LE PRADET
CAP BRU
ALE DE HALAGE
53

rière. D'un côté, il y eut cette aspérité épouvantable dans votre vie, mais de l'autre... Merci encore monsieur le Ministre, et au revoir.

Le jardinier aux épaules énormes l'attendait sur le perron. Comme s'il n'avait pas bougé depuis qu'elle l'avait laissé là. Il tenait à la main ses cisailles impressionnantes et elle le suivit jusqu'au portail, raidie de peur. Minot les photographia sans que le gros costaud s'en rendît compte, mais le gardien, lui, s'en aperçut et le temps qu'il surgisse de son pavillon en hurlant, Minot démarrait dans sa vieille 4L.

Le photographe stationnait plus loin et lorsque la Citroën de Julia le doubla, il l'appela sur son portable :

– Soulagé que tu sois ressortie indemne, lui dit-il. Le gardien et les jardiniers me paraissaient particulièrement nerveux. Tu l'as interviewé ?

– Pas vraiment. Non, je suis juste le petit coursier chargé de remettre un pli à Jérossian. Sais-tu qui, voici vingt et un ans, photographia la petite Colombienne juste quelques jours avant son enlèvement.

– C'est l'ami Loubières, mort à trente-neuf ans, noyé… dans le pastis. Un artiste, un ami, mais un alcoolo fini. Sa veuve est toujours en vie, elle travaille dans un magasin de chaussures au centre commercial Mayol.

Mayol, l'immortel auteur de « Viens Poupoule », et non Maillol, le grand sculpteur. On faisait ici avec les gloires locales.

Elle fit le détour par le cours Lafayette, espérant que le marché n'était pas fini. C'était la débandade des étalages avec une odeur de suri déjà avancée. Des SDF, mais pas seulement, triaient de quoi remplir leur cabas. Parmi l'entassement des cagettes vides et des produits devenus ordures, elle put acheter à bas prix des fruits et des légumes. Quelques années auparavant, certains revendeurs et surtout revendeuses frontistes tenaient le haut du pavé, ne cachaient pas leur racisme véhément et servaient d'agents électoraux au maire FN. Il en restait encore des échos qui, chaque fois qu'elle venait là, la mettaient mal à l'aise.

Julien Jérossian, le rédacteur en chef, JJ pour tout le personnel, l'attendait avec un petit sourire gouailleur. Elle compris qu'il était ravi dans le fond de lui-même mais ne le lui avouerait pas.

– Sémillon n'a pas vraiment apprécié ta visite, dit-il. Que lui as-tu donc fait ou peut-être qu'as-tu refusé de lui faire ? Il vient d'appeler, t'as trouvée insolente.

– Hé, gaffe au harcèlement par allusions. Je l'ai un peu titillé sans plus. Lui ai donné une sorte d'urticaire, de prurit quand je me suis trouvée en face de lui mais rien de bien méchant. Mais, résultat, ce communiqué et rien d'autre. J'ai eu l'impression qu'il titubait au bord d'un gouffre.

– Tu ne pensais pas tout de même qu'il allait avouer ses malversations ? Ses détournements ? Les valises bourrées de billets ? Les accidents bizarres ?

– Je me suis juste permis quelques questions sur l'enlèvement de la petite Colombienne adoptée. Ce fut quand même la grande tragédie du couple, non ? Bien loin de la politique politicienne, me semble-t-il. C'est justement par ce côté-là qu'il aurait pu se grandir aux yeux de nos lecteurs, s'y revêtir de quelque humanité, mais, visiblement, ça ne l'intéressait pas et je dirais même que ça ne l'enchantait pas du tout de revivre ça.

– Tu ne manques pas de culot, alors que sa femme était dans son cercueil exposé dans le hall sous un amoncellement de gerbes. Ces envois fabuleux de fleurs me laissent perplexe et je me dis que les vieux amis, les autres vieilles canailles, auraient peut-être préféré que les gerbes hors de prix recouvrent son cercueil à lui, afin qu'ils dorment enfin tranquilles le peu de temps qu'il leur reste à vivre, et que leur générosité florale trahit leur obscur souhait.

– Tu es allé là-bas ? demanda-t-elle, surprise.

– Non, mais j'ai quelqu'un aux Pompes funèbres. Tu me fais cinq cents signes là-dessus et ça suffira.

– Je lui ai juste fait remarquer que l'enlèvement de la gosse colombienne avait fait de lui un homme célèbre. Crois-tu que je peux dans ces cinq cents signes y faire une subtile allusion.

– Tu veux le démolir alors qu'il est aux portes de l'enfer ? Non, rien de perfide. Il garde des relations pour ne pas dire des complices, et je n'ai pas envie que tu te fasses tabasser un soir dans un coin sombre.

– Oui chef ! Minot a pris des photos, celle de la grandiose maison et une autre, quand un jardinier genre gorille me raccompagnait au portillon. À défaut d'un texte perfide, l'une de ces photos pourrait satisfaire ceux qui ont quelque raison de détester Sémillon.

Elle relut dans quelles conditions la rançon avait été versée. Dans le droit fil classique d'un polar. Après plusieurs contretemps, Sémillon avait reçu ordre de se rendre tard dans la nuit au petit port de l'Ayguade près de Hyères, d'attendre sur le pont qui enjambait le cours d'eau où les bateaux à moteur étaient amarrés en amont. Dans l'obscurité, un canot propulsé à la rame avait surgi, à bord duquel une lumière clignotait. Sémillon avait laissé tomber la serviette depuis le pont, juste au centre de l'embarcation et, le moteur mis en marche, l'engin avait filé vers le large. On n'avait jamais retrouvé trace de ce canot. Chose étrange, au-delà du pont aucune embarcation ne manquait à l'appel selon le gardien lors de sa ronde nocturne.

Elle retourna allée Amiral-Courbet. Félicia Serventi dormait sous l'effet de la morphine. L'infirmière qui passait matin et soir pour la toilette et les soins avait tiré les rideaux. Le parfum subtil de la visiteuse assainissait l'air de la pièce, du moins le rendait moins fétide. Elle se

LE MOURILLON
LE PORT

prépara un sandwich et, tout en le mangeant, fit cuire du tapioca au lait pour sa mère adoptive, prépara aussi à tout hasard une compote d'abricots, tout ce que la malade parvenait à avaler. Elle se rendit dans sa chambre et ouvrit le tiroir de sa table de travail qui fermait à clé. Tout au fond, elle retrouva l'enveloppe en papier kraft où depuis des années elle avait glissé ces deux fragments du journal découpés soigneusement avec des ciseaux. Juste deux mots imprimés sur le papier jauni : FILLETTE, ENLEVÉE. Une découverte dans la boutique du bas, fermée depuis des années, coincée sous les compartiments mobiles destinés à la menue monnaie du tiroir-caisse. À l'époque de cette trouvaille, elle devait avoir huit ans, elle avait été ravie, pouvant enfin bâtir tout un roman sur sa propre destinée sans se douter que l'imaginaire rejoindrait brutalement un drame réel. Elle avait construit son pedigree, mot choisi par elle en dérision de ses fantasmes puis, vers les seize ans, y avait renoncé pour rejoindre la vraie vie, se rendant compte qu'elle dérivait dans un enjolivement niais.

Lorsqu'elle pénétra dans la chambre, écarta les rideaux, sa mère avait les yeux ouverts.

– Tu veux ton tapioca ? J'ai aussi fait cuire de la compote d'abricots.

– Boire…

Elle lui donna le biberon qui contenait un mélange de jus d'orange et d'eau.

– Lorsque tu séjournais à l'hôpital Brunet, j'avais une impression de déjà vécu ou de déjà vu, murmura-t-elle, comme si elle se parlait à elle-même. Non pas des lieux-mêmes mais des allées et venues des infirmières, des docteurs, des souvenirs de blancheur à cause des draps, des blouses et bien sûr aussi des odeurs. Je me suis rendue dans le service réservé aux enfants et je me suis revue toute petite dans un endroit à peu près similaire. C'est extraordinaire comme ces images passèrent d'un flou frustrant à une précision soudaine. Tu étais toujours auprès de mon lit, je me souviens, parfois, tu t'endormais, me semble-t-il. Pourquoi étais-je hospitalisée ? Tu ne m'en as jamais parlé. Un secret, un mystère de plus comme si nos deux vies communes étaient tissées dans une seule trame d'énigmes.

Sa mère fermait les yeux. Elle aussi avait les paupières amollies par l'atrophie des muscles, comme Sémillon,

mais elle ne se servait pas de son index pour les redresser. C'était du Félicia cette résignation spéculative. Julia la soupçonnait d'avoir bien ancrée en elle, depuis toujours, la conviction formelle qu'elle pouvait, avec la complicité du temps, dominer toutes les situations difficiles, de la plus insignifiante à la plus grave.

– J'ai toujours remarqué ces imperceptibles cicatrices autour de ma bouche. Elles m'obsédaient, je les estimais trop apparentes et lorsque j'en parlais à mes amies elles ne parvenaient pas à les voir, m'accusaient de faire l'intéressante, murmura-t-elle en évitant de regarder la malade, soudain effrayée par la réponse éventuelle de Félicia Serventi. Le silence de celle-ci, la respiration à peine suspendue l'enragèrent :

– C'est bien d'un bec-de-lièvre qu'on m'a opérée ? Sémillon a remarqué ces traces imperceptibles car il paraissait fasciné.

Félicia Serventi respirait à nouveau, à l'économie, et Julia crut relever, dans ce souci de s'épargner, une certaine désinvolture, comme si sa question, loin de tracasser sa mère adoptive, l'amusait en quelque sorte.

– Il y a des années, j'aimais plus que tout jouer à la marchande dans la boutique quand tu t'absentais pour ton travail. Tu n'aimais pas que j'aille en bas. J'ai trouvé ça. Ces découpes d'un journal que j'ai conservées depuis sans trop savoir ce qu'elles signifiaient. J'avais même inventé tout un roman à cause d'elles, sans me douter du tragique de leur sens. Je vais les emporter au bureau pour les comparer à une lettre anonyme concernant la petite Colombienne enlevée il y a vingt et un ans. J'ai fini par comprendre comment ces morceaux de papier ont pu se glisser dans le tiroir-caisse et disparaître pour des années. C'est ton mari qui a composé cette lettre avec des mots imprimés et l'a envoyée, n'est-ce pas ? J'étais perplexe depuis longtemps, jusqu'à ce que la femme de Sémillon meure et qu'au journal on ressorte ces articles, et aussi toutes les rumeurs qui avaient circulé à cette époque. De toute façon, même si tu m'as un jour révélé que j'étais une enfant adoptée, tu ne m'as jamais expliqué dans quelles circonstances j'ai échoué dans votre couple. Couple que mon arrivée semble avoir perturbé, détruit, puisque Victor Soulier a disparu tout de suite après, et que, toi, tu es partie d'ici avec moi, durant pas mal de temps, des années je crois. Quand petite j'allais dans Besagne, ici à Toulon bien avant les démolitions et la rénovation, et que j'entendais parler italien, j'avais l'impression d'avoir vécu dans ce quartier sans savoir pourquoi. Comme tu es toi-même d'origine italienne, je suis certaine que nous avons vécu en Italie et que l'hôpital dont je te parlais se trouvait dans ce pays.

Elle n'avait aucune confirmation à attendre. Elle alla chercher le tapioca, l'étala sur une assiette pour le faire refroidir, en fit autant avec la compote d'abricot et revint nourrir sa mère à toutes petites cuillerées. Le mal grignotait chaque jour un peu plus l'œsophage, les médecins avaient placé une sonde mais Félicia n'avait pu la supporter et, fatalistes, les spécialistes avaient décidé que, vu sa fin prochaine, elle n'avait qu'à essayer de manger normalement malgré la douleur. Des aliments réduits en purée bien sûr. De temps à autre, une perfusion venait en supplément nutritif.

Le médecin de famille était déjà résigné, l'infirmière, plus dynamique, s'en offusquait discrètement.

– Il y a tout au fond de mes souvenirs les plus anciens une femme qui te ressemblait et qui devait être ta sœur. Je m'en souviens car nous sommes restées longtemps auprès d'elle. Peut-être des années avant de revenir ici. Elle a dû mourir et nous ne pouvions pas rester à cause de ses enfants qui voulaient revendre la maison, si j'ai bien compris le sens des conversations. C'est bien ça ? Nous avons donc retrouvé cette maison-ci et la boutique que tu n'as jamais plus rouverte. Tu as préféré travailler dans un restaurant, italien comme par hasard. Tu es la reine des pâtes fraîches, des pizzas et de bien d'autres plats. Notre vie s'est donc stabilisée et, pour être franche, je n'en garde pas un mauvais souvenir, au contraire.

Félicia Serventi n'avait avalé que trois, quatre demi-cuillerées et gardait la bouche fermée en signe de refus. Non seulement de la nourriture mais apparemment de toutes confidences.

– Tu vas t'en aller et me laisser seule en proie à toutes ces questions ? Je ne suis sûre de rien, peut-être que je fantasme et toi tu restes impavide… Sais-tu ce que ça veut dire seulement ? Tu es comme une pierre, je ne sais même pas comment tu as pu te débrouiller pour que je sois française. On dit de toi dans le quartier que tu es discrète et peu bavarde, voire timide. Au restaurant, tes patrons te couvraient de louanges, tant pour ton travail que pour ton comportement plein de dignité, et je me demande comment tu as pu accomplir de pareilles démarches, trouver l'argent pour me faire opérer, si vraiment j'ai été opérée, me faire inscrire comme française née à l'étranger. Quand on sait ce que ça représente, il y a de quoi rester effaré. Il t'a fallu de l'argent, beaucoup d'argent. D'où sortait-il donc ce pactole ? D'accord ! De retour ici, tu as eu des difficultés. Je me souviens qu'on nous a même coupé l'électricité et que je ne pouvais pas rester à la cantine scolaire, faute de pouvoir payer la mensualité pourtant raisonnable.

Elle gardait l'assiette de tapioca sur ses genoux et traçait avec le bout de la cuillère des croisillons dans la masse gélifiée qui l'écœurait.

– Ton mari était un agent électoral de Sémillon, j'ai retrouvé son nom grâce aux archives informatisées du journal. Il avait été inculpé pour coups et blessures au cours d'une bagarre entre afficheurs mais il a bénéficié d'un non-lieu. On a dû intervenir pour lui épargner la

prison. C'était un bonhomme douteux, à l'affût de petits boulots plus ou moins légaux. Et dans la boutique il trafiquait un peu et même pas mal. Ça, je l'ai appris au collège. Un élève m'a lancé au visage qu'il revendait du caviar russe moitié prix et des cigarettes américaines. D'autres choses aussi. Peut-être de la drogue ?

Les yeux fermés Félicia respirait mal, visiblement elle essayait en vain d'avaler la dernière demi-cuillerée de tapioca. Julia l'aida à s'asseoir pour qu'elle puisse la cracher dans un mouchoir en papier, mais elle ne put y parvenir et la jeune fille dut aller chercher la bouchée avec ses doigts, sans dégoût. Elle jeta le tout dans la boîte à déchets médicaux.

– Je n'ai jamais été en confiance, avoua Julia, presque inaudible. Jamais. Il y avait trop de chuchotements autour de nous. Ta sœur Emilia par exemple, mais aussi d'autres personnes dont j'ai oublié les visages, conservant seulement le souvenir de murmures hostiles, me semblait-il. Je me sentais menacée. Et le jugement sévère de notre entourage, défavorable envers ton mari disparu, me confinait dans une incertitude constante. À tout moment, je redoutais d'être renvoyée au néant. De ne plus exister.

Elle finit par déposer l'assiette de tapioca sur la table de chevet.

Je pense que tu m'aimes, que tu as fait tout ce que tu pouvais pour moi mais ton naturel est verrouillé, frappé d'une impossibilité à communiquer ce que tu penses réellement. Parfois j'ai eu l'impression que tu te sacrifiais pour racheter une lourde faute, voire un crime, mais je reconnais que j'ai toujours eu tendance à imaginer des histoires effroyables. Faute d'avoir des souvenirs de petite enfance. Ces souvenirs, ce sont en général les parents qui les entretiennent, les lèguent à leurs enfants. Moi, je n'en avais pas.

Elle regarda sa montre, alla à la cuisine déposer l'assiette de tapioca dans l'évier. Elle devait se rendre à Hyères pour un reportage sur une exposition de peinture, puis elle retournerait au journal, devrait attendre un changement de service pour comparer sa coupure de journal avec la copie de la lettre anonyme annonçant l'enlèvement. Comment la rédaction se l'était-elle procurée alors qu'elle aurait dû rester au greffe du tribunal ? Elle fut à peu près certaine que Sémillon en avait tiré des photocopies pour la presse. Comme s'il avait alors besoin de prouver la réalité de cet enlèvement.

En revenant de Hyères, profitant à tout hasard d'une place de stationnement proche, elle pénétra dans l'église Saint-Louis. Fernande Lopez, un turban noué sur la tête, était assise dans l'ombre un chapelet à la main. Elle vint prendre place à ses côtés, l'entendit soupirer. L'ancienne nounou n'essaya pas de fuir.

– Vous avez assisté à l'arrivée de la petite Colombienne ? Hier, vous avez refusé de me décrire la réaction de Mme Sémillon. Je sais aujourd'hui combien elle fut tout de suite horrifiée par la laideur de l'enfant. Plusieurs personnes en ont été les témoins. Elle attendait une petite fille mignonne et c'était une enfant affligée d'un bec-de-lièvre qu'on lui livrait. Elle s'est sentie offensée, humiliée, appauvrie en quelque sorte, elle qui vivait dans une belle maison, au milieu de meubles, d'objets représentant pour elle ce qu'il y avait de mieux et de bon goût. La petite jetait une ombre, une tache. Celle de la misère physique et sociale.

Un mensonge hasardeux, tout en regardant l'autel et les quelques cierges qui crépitaient non loin d'elles dans une odeur funèbre. Alors qu'au-dehors le soleil illuminait la journée, ici l'ombre était crépusculaire

– Ça ne paraîtra pas dans le journal, c'est juste pour savoir. Je vous en donne ma parole ici, dans ce lieu saint.

Si Fernande Lopez avait soupçonné son incroyance aurait-elle quand même accepté de répondre ? La vieille femme, elle n'avait pas soixante ans mais en paraissait vingt de plus, s'agenouilla, prit sa tête entre ses mains et Julia crut qu'elle psalmodiait une prière avant de découvrir qu'elle racontait en marmonnant :

– Une méchante personne, une femme indigne de devenir mère, déjà soûle comme d'habitude, quand ces gens-là qui m'ont fortement déplu ont amené la petite. C'était lui qui avait insisté, jusqu'à piquer des colères terribles, pour adopter la fillette, parce que les journaux, et surtout les magazines populaires, allaient vanter son geste. Elle n'était pas en mal d'enfant comme on a dit et même écrit. Elle n'en voulait pas et lorsqu'en plus elle a découvert…

– Découvert ? reprit Julia.

Fernande Lopez secouait la tête, peut-être la gorge trop nouée pour poursuivre. Déjà nouée quand elle s'était confiée sur le ton de la prière. Son émotivité naturelle se doublait d'une crainte religieuse certaine.

– Le bec-de-lièvre ?

L'ancienne nounou tressaillit, surprise, mais fit signe que oui.

– Que s'est-il passé ?

– Je ne pourrai jamais l'oublier, murmura l'autre. Mon Dieu ! quelle horreur qu'une femme se comporte ainsi, se roule sur le tapis avec des hurlements hystériques devant toute la maisonnée accourue, la regardant sans oser l'approcher, et n'en ayant d'ailleurs pas la moindre envie. Tous la méprisaient dans le fond. Et la petite qui était là dans sa robe à fleurs de quatre sous, le pouce dans sa pauvre bouche déformée qui ne pleurait même pas, qui nous regardait les uns après les autres, comme si elle s'attendait à nos réactions et même à notre discrétion si peu naturelle. Comme si elle avait l'habitude que les gens se comportent de cette façon en la voyant.

– Asseyez-vous Mme Lopez, vous tremblez toute. Je suis désolée de vous troubler de la sorte.

– Je ne peux parler de ces choses qu'agenouillée, car j'ai toujours pensé que le diable en personne pourrissait certaines âmes dans cette maison. J'ai prié pour cette enfant, prié pour cette femme riche et sans cœur. Dépravée. Aujourd'hui, en apprenant sa mort, j'ai encore prié mais je crains que ce ne soit inutile. Elle hurlait qu'elle ne voulait pas de l'enfant, qu'il fallait la renvoyer dans son pays. Elle n'a pas dit pays mais autre chose de plus méprisant. À l'entendre, cette enfant n'était qu'une sorte de guenon venue de la fange de la jungle. Oui, c'est ainsi qu'elle a dit. Qu'elle a hurlé. Mon Dieu, traiter une pauvre petite fille de guenon ! Il a fallu téléphoner à son mari.

Comme Mme Lopez s'obstinait à rester à genoux, la tête entre ses mains, la jeune femme dut faire de même et eut l'impression de commettre un sacrilège à jouer ainsi les dévotes pour parvenir à ses fins. Elle n'avait même pas l'excuse de l'obligation professionnelle. Elle satisfaisait son dévorant besoin de savoir.

– Il était à Toulon ? murmura-t-elle, en approchant sa bouche de l'oreille masquée par les doigts de l'ancienne nounou. Je croyais qu'il était à Paris retenu par sa fonction. C'est ce qu'on pouvait lire dans un entrefilet du journal.

– Non, il était bien là, en ville… Le gardien, lui, savait où il pouvait l'atteindre mais il ne nous en a rien dit. J'ai toujours pensé, alors que je n'étais sur place que depuis peu, qu'il fréquentait une autre femme et que c'est chez elle qu'il a reçu le coup de téléphone. Lui aussi, quand il vu l'enfant, est resté comme frappé de stupeur à la porte. Il a fini par réagir et nous a demandé de sortir tous. Puis il m'a rappelée et m'a demandé de m'occuper de la petite. Je l'ai conduite dans la nursery. C'était un endroit splendide, un petit paradis pour enfant qu'il avait tenu à faire aménager alors que Mme Sémillon s'en moquait éperdument. Un jour, il lui avait dit avec colère que lorsque les journalistes viendraient photographier la nursery, elle comprendrait pourquoi il avait engagé de si gros frais. Qu'elle ne se rendait pas compte combien ce serait important pour leur avenir.

– Mme Lopez, cette démarche adoptive ne s'est pas faite à la légère, je suppose, sur un simple caprice. Les formalités, même avec un pays où elles sont facilitées, demandent du temps. L'organisme qui a proposé la petite Nina avait dû envoyer des photographies ?

– M. Sémillon a dit qu'elles étaient toutes truquées, qu'on les avait modifiées pour effacer l'infirmité de l'enfant. Il a reconnu avoir été dupé. Il était fou furieux et le spectacle de sa femme en pleine crise d'hystérie ne pouvait le calmer. Quand il a voulu téléphoner à ces gens-là, j'ai compris que personne n'a répondu. Ils avaient certainement disparu avec l'argent. Une très forte somme, paraît-il, mais j'en ignore le montant.

Julia allait lui demander comment la petite fille avait pu être enlevée aussi facilement, mais préféra continuer sur cette histoire de photographies.

– Un journaliste a été autorisé à prendre une série de photographies de l'enfant, m'a-t-on dit.

– Oh ! je le connaissais bien Prosper, Prosper Loubières, et sa femme Marthe qui travaille à Mayol maintenant. Il est mort si jeune. Vous comprenez que Sémillon n'avait pas manqué d'annoncer un peu partout que sa femme et lui avaient adopté une enfant et, le jour de l'arrivée, Prosper était là parce que c'était un excellent photographe. Il est arrivé juste comme on avait emporté Mme Sémillon dans sa chambre et que je m'occupais de Nina dans la nursery. Je ne sais pas ce qui s'est passé, mais Prosper est venu me rejoindre et m'a demandé de faire en sorte qu'on ne voie pas le bec-de-lièvre. Je fus horrifiée et pleine de colère car Prosper, cet ami d'enfance, ne me proposait rien moins que de maquiller cette petite fille.

Ce que l'émotion n'avait pas réussi à provoquer, l'indignation y parvint. Mme Lopez s'assit d'un air déterminé, comme si elle rejouait la scène de la mise au point face à son ami photographe.

– Vous vous rendez compte ! Moi qui suis une nurse diplômée et qui avais déjà exercé dans un orphelinat, qui respectais les enfants, on voulait que je commette cette mascarade. J'ai repoussé avec énergie cette demande et Prosper n'a pas insisté. Il est allé dire à M. Sémillon que je refusais et, peu après, c'est la gouvernante – hé oui ! Mme Sémillon avait exigé qu'une gouvernante s'occupe du personnel et, dans le fond c'était mieux, car, lorsqu'elle avait bu, elle était odieuse avec les domestiques. Donc, cette gouvernante est venue chercher Nina. J'ai voulu l'accompagner, mais elle m'a ordonné de rester dans la nursery. Lorsque plus tard la photographie a paru, j'ai compris que Prosper avait obéi en ce qui concernait le maquillage, mais ce n'était pas tout à fait réussi. Je ne lui ai plus parlé jusqu'à sa mort. Mais je suis restée l'amie de sa femme. Je lui ai pardonné et j'ai prié pour lui. Il avait toujours besoin d'argent pour ses pastis, ces tournées qu'il payait à tout le monde car il détestait s'alcooliser seul. À cette époque, la mode pour ces hommes-là, c'était d'aligner un mètre de verres de pastis presque pur et de les boire en un temps record. De quoi mourir à trente-neuf ans.

– Comment s'est produit l'enlèvement ? Vous n'étiez pas présente ?

– Non, j'étais en week-end. Il était dit dans mon contrat que j'aurais un week-end sur quatre et qu'on ferait appel à une baby-sitter. J'avais proposé que celle-ci me soit présentée pour que je lui donne quelques conseils, mais je ne l'ai jamais vue. Le premier week-end, je l'ai passé chez les

Sémillon au Cap Brun, mais le suivant Monsieur m'a dit que je pouvais m'absenter quarante-huit heures, que ma remplaçante serait là. J'ai proposé de rester jusqu'à ce qu'elle se présente, mais la gouvernante est venue me dire que je pouvais m'en aller. Ça ne me plaisait pas vraiment, mais, je l'avoue, j'avais fortement envie de sortir de cette résidence et de respirer un autre air. Le samedi après-midi, le couple et la petite se sont rendus à la Madrague de Giens où un des jardiniers possédait un cabanon. Vous connaissez cet endroit ? C'est rustique et sympathique, mais au mois de février avec le mistral, c'est désert. M. Sémillon voulait pique-niquer là-bas. Ce n'était pas un homme pourtant amateur de ces plaisirs simples. Ils ont donc emporté un panier et sont partis avec la voiture de la gouvernante évitant la grosse Mercedes, trop voyante ont-ils dit. Ils voulaient faire une escapade familiale avec juste l'enfant nouvellement venue dans la famille, pour la familiariser avec eux. Dans un cadre plus approprié, pensaient-ils, faisant référence à son taudis d'origine, je suppose.

Les quelques femmes présentes dans l'église Saint-Louis se retournaient de plus en plus souvent vers elles et devaient remarquer l'agitation de Fernande Lopez. Celle-ci proposa à Julia de sortir pour ne pas éveiller leur curiosité et la jeune journaliste hésitait, craignant qu'une fois en dehors de ce lieu de culte, l'ancienne nounou ne se montre pas aussi complaisante dans ses confidences.

– Bien, dit-elle, allons sous le porche.

À cause du vent frais de cette fin d'après-midi, elles s'abritèrent derrière l'une des quatre colonnes du péristyle. Il n'y avait qu'elles.

– Il paraît que la petite s'est endormie tout de suite après le repas sur l'une des couchettes du cabanon, et qu'ils sont allés au bord de l'eau qui n'est pas vraiment très éloigné. Mais le bruit de la mer pouvait couvrir tous les autres et peut-être que l'enfant a crié et qu'ils ne l'ont pas entendue.

– Ils ont laissé cette petite fille venue de si loin, ne parlant pas le français, n'ayant qu'une vague idée de l'endroit où elle se trouvait toute seule, alors qu'elle ne les connaissait presque pas et qu'elle pouvait se réveiller terrorisée de ne plus les voir ?

– Mme Sémillon, paraît-il, serait retournée à plusieurs reprises dans le cabanon pendant que, lui, s'était déchaussé pour tremper ses pieds dans l'eau. Il a raconté qu'elle n'était pas froide. Et puis un voisin, venu comme chaque semaine vérifier si tout allait bien dans son cabanon, s'est approché pour lui parler après l'avoir reconnu. C'est même lui qui a servi de témoin au couple.

– Vous souvenez-vous de son nom ?

Elle aurait pu retrouver ce renseignement dans les articles anciens et sur l'écran de son ordinateur, mais elle préférait entendre ce récit de vive voix.

– Il s'agissait de M. Courbalès, un gros propriétaire de vignobles. Vous savez, les Roncières du côté de Vidauban ? Il est mort voici quelques années. Ils ont entendu les hurlements de Mme Sémillon revenue une fois de plus dans le cabanon, et je peux vous assurer que pour ce qui était de hurler, elle s'y connaissait. Ils ont couru. Quelqu'un avait défoncé la porte arrière du cabanon donnant sur un petit jardin et avait emporté la petite fille. Il a dû disparaître dans la végétation derrière, mais personne n'a entendu le bruit d'un moteur quelconque.

Julia respecta son silence, la sentant gonflée de sanglots à l'évocation de ces souvenirs. C'était une femme hypersensible, ce qui expliquait sa piété quelque peu exagérée.

– La police judiciaire a enquêté sur moi à cause de ce week-end que je n'avais pas sollicité. La baby-sitter n'avait pu venir me remplacer et la gouvernante avait pris ma place, et c'était soi-disant pour la soulager que le couple avait décidé de ce pique-nique. Le soir, vers cinq heures, j'étais chez ma mère, les policiers sont venus me chercher pour me conduire au Cap Brun et m'interroger. Ils voulaient me faire dire que je connaissais l'existence de ce cabanon de la Madrague de Giens, mais je n'en avais jamais entendu parler. Ils ont fini par me ficher la paix à ce sujet mais je sais qu'ils enquêtèrent sur moi, car, paraît-il, ce sont souvent des baby-sitters, des nurses qui sont les informatrices des kidnappeurs. Par contre, le jardinier propriétaire du cabanon fut, lui, retenu assez longtemps et ne s'en remit jamais.

– C'était vraiment un jardinier ? Je vous demande ça parce qu'à la résidence du Cap Brun les jardiniers que j'ai vus seraient plutôt des gardes du corps. On voit à leur tablier encore neuf et à leurs mains sans cal qu'ils ne touchent jamais la terre.

– Non, Marcel était vraiment jardinier de métier et il avait hérité de ce cabanon d'un oncle à lui. C'était un brave type et quand M. Sémillon lui a demandé les clés de ce chalet, il les lui a données tout de suite. Ce n'est pas lui qui avait proposé au patron d'aller là-bas.

– Mais Sémillon savait que le jardinier possédait ce cabanon, dans un endroit peu fréquenté l'hiver, quand le temps est mauvais, murmura Julia, et cette réflexion surprit Mme Lopez.

Elle eut le temps de se rendre au centre commercial de Mayol et tomba en pleine folie de promotions diverses, eut un mal fou à se frayer un passage jusqu'au magasin de chaussures où travaillait Mme Loubières, la veuve du photographe.

– Écoutez, je suis trop harcelée en ce moment. Vers sept heures, ça ira mieux. Je serai place Puget à côté de la fontaine aux Dauphins.

Elle eut la chance de pouvoir pénétrer dans le stade Mayol où l'équipe de rugby s'entraînait. Avec les journalistes sportifs du journal, elle avait vécu dans ce creuset enfiévré des heures exaltantes, mais les récits de ses compagnons lui

faisaient regretter le temps des Herrero, des Gallion. Elle possédait dans sa chambre un catalogue d'exposition du peintre Giacobazzi immortalisant ces grands joueurs.

Elle aperçut Mme Loubières qui lui faisait signe, eut un regard pour les dauphins de la fontaine totalement enfouis dans la mousse qui crachotaient péniblement leur eau. C'était là le centre nerveux, vital de la ville, là où les gens se donnaient des rendez-vous, amoureux et d'affaires. Celles moins licites se traitaient dans les bars discrets des petites rues voisines.

– Fernande a été très bouleversée par ce rapt. Et mon mari aussi en définitive. Il m'a avoué que jamais il n'aurait dû obéir à M. Sémillon et truquer sa photographie, Il avait l'impression d'avoir porté préjudice à la petite, modifié son apparence, atteint à son intégrité physique, et que, par sa faute, on ne l'avait jamais retrouvée parce que le cliché ne la représentait pas vraiment.

Julia sentit qu'elle avait autre chose à raconter mais qu'elle n'osait pas.

– Rien de ce que vous dites ne sera publié. Je fais une enquête personnelle, c'est tout. Mon journal ne fera rien paraître en ces circonstances de deuil pour Sémillon. Votre mari vous a raconté un détail qui le préoccupait ?

– Lorsque la petite Colombienne était arrivée au Cap Brun, Sémillon avait aussitôt téléphoné au journal pour annuler le rendez-vous avec Prosper, mon mari.

– Pourtant votre mari s'est rendu à la résidence du Cap Brun.

– Un quart d'heure après le coup de fil d'annulation, Sémillon a rappelé pour dire qu'il souhaitait en définitive que la petite soit photographiée.

– L'agence qui avait fourni l'enfant et l'avait convoyée jusqu'en France et chez les Sémillon avait fourni des photographies truquées. Sémillon aurait pu les communiquer à la presse.

– Prosper les a vues. Elles ne représentaient même pas l'enfant, mais un autre visage de fillette. Lui a fait un travail quelque peu maquillé, mais s'est quand même arrangé pour qu'on se pose des questions sur cette malformation en bas du visage. Je sais que bien des gens ont cru à une ombre portée, mais ceux qui ont pris la peine de bien examiner le cliché étaient persuadés que la petite avait une anomalie.

– Un bec-de-lièvre, dit Julia.

– Oui, c'est bien ce que m'a dit Prosper. Ce soir-là, il a fallu qu'un ami le raccompagne. Ce n'est pas un secret qu'il buvait comme un trou puisqu'il en est mort. Mais, ce soir-là, il était vraiment bouleversé, malheureux, et les jours suivants, il resta sous le coup de cette visite. Pour finir, l'enlèvement de l'enfant l'assomma.

– Avez-vous l'impression qu'il vous cachait quelque chose ?

Marthe Loubières la regarda avec un petit sourire triste :

– Oui. Il me cachait quelque chose et ne m'a jamais dit ce que c'était.

– Le premier coup de fil priant votre mari de ne pas se déranger, était-il celui d'un homme bouleversé et inquiet ?

– C'est à peu près ce que Prosper m'a laissé entendre.

– Et du second appel, qu'en disait votre mari ?

– Sémillon avait retrouvé sa voix... ce ton que Prosper trouvait mielleux, bien qu'autoritaire. Un ton qui ne le trompait pas et qui sous-entendait que Sémillon préméditait quelque chose, allait exiger un service, un acte quelque peu douteux.

– Vous employez le verbe préméditer. C'est ainsi que votre mari a qualifié ce deuxième coup de fil ? Sémillon rappelait car, entre temps, il avait réfléchi et préméditait quelque chose ?

– Non, ce n'était pas la façon de s'exprimer de mon mari, il a dû dire quelque chose comme : Sémillon prépare un coup tordu ou encore Sémillon travaille de la caboche. Oui, c'est plutôt ça qu'il a dû me confier.

– Connaissiez-vous Victor Soulier, le mari de ma mère ?

Mme Loubières regardait ailleurs en hochant la tête.

– Le brocanteur qui avait une boutique en face de la Corderie ? Mon fils le connaissait mieux que moi.

– Il allait acheter des cigarettes de contrebande chez lui ?

– Vous savez, ici, à Toulon, avec tous ces marins étrangers, c'est une habitude pour pas mal d'habitants de faire ce genre d'achat. Et même du trafic avec le vin, les alcools. Mme Soulier est donc votre mère ?

– Désormais, elle se fait appeler Félicia Serventi. Son nom de jeune fille. Soulier avait mauvaise réputation, je crois.

– Des histoires politiques. Des bagarres au moment des élections.

Lorsqu'elle rentra allée de l'Amiral-Courbet, elle aurait normalement dû placer un autre patch de morphine sur l'épaule de sa mère, mais savait que celle-ci plongerait dans une inconscience profonde, ne pourrait pas entendre ce qu'elle avait à lui dire. Même si elle n'espérait aucune réponse, aucune justification.

Félicia avait réussi à prendre le biberon de jus d'orange coupé d'eau sur la table de chevet, mais celui-ci s'était échappé de sa bouche jusqu'au creux de son cou. Elle alla en préparer un autre.

– Je me suis expliqué comment ces fragments de journal avec ces deux mots, fillette enlevée, avaient pu échapper à la vigilance de ton mari. Lorsqu'il a préparé la fameuse lettre annonçant le rapt de la petite, il devait être très décontracté, pas du tout inquiet, car, en fait, il ne s'agissait pas d'un véritable enlèvement. Tout avait été préparé par les Sémillon. Dans le cas contraire, ton Victor Soulier n'aurait pas été aussi désinvolte. Je pense qu'il découpait les mots de la lettre dans le journal lorsqu'un client a poussé la

porte de la boutique. Il devait faire ça au-dessus du tiroir-caisse tiré. Lorsque la porte s'est ouverte, il a tout abandonné, a remis la caisse sur les mots découpés et la page de journal, a attendu que le client reparte pour poursuivre. La coupure de presse a dû lui échapper et il n'y a plus pensé.

Elle l'aida à boire. Le regard de Félicia devenait chaque jour plus vague et elle avait du mal à soulever ses paupières.

– L'infirmière va arriver pour la toilette et les soins de nuit.

Sa mère repoussa la tétine de sa langue et essaya d'articuler quelque chose. C'était la première fois depuis des jours qu'elle faisait un effort pour lui parler.

– Je ne comprends pas, murmura Julia penchée sur cette bouche aux lèvres fendues et blanchies de sécheresse.

Juste à cet instant la sonnette de la rue tinta.

– Voici l'infirmière, dit-elle furieuse.

Dans la cuisine, elle prépara un peu de farine chocolatée pour bébé. Parfois sa mère en avalait quelques cuillerées. Lorsque l'infirmière la rejoignit, elle collait son front à la fenêtre bleuie par la nuit froide de mistral.

– Le médecin doit revenir bientôt ?

– Demain, je crois, pourquoi ?

– Il vaudrait mieux l'appeler sans attendre. Je passe devant son cabinet en repartant, je m'en charge.

Doutait-elle qu'elle n'en fasse rien ? Donnait-elle l'apparence d'une fille indifférente, ou, pire encore, d'une fille lasse d'attendre une fin annoncée qui ne venait jamais ?

– À cette heure-ci, vous risquez de tomber sur son répondeur, se justifia l'infirmière, comprenant qu'elle l'avait choquée. Je verrai sa femme et elle le contactera sans attendre. Il est en visite.

Elle désigna la farine chocolatée qui fumait dans l'assiette.

– Je ne pense pas qu'elle puisse l'avaler. Elle n'a presque plus de réflexes de déglutition, plutôt des spasmes, et vous risquez de l'étouffer en la forçant à manger.

Julia saisit l'assiette, la renversa dans l'évier, fit couler l'eau froide, regarda les grumeaux tournoyer, se dissoudre. L'infirmière referma sa lourde serviette :

– Appelez-moi en cas de besoin, à n'importe quelle heure. Il vaut mieux faire vite dans ces cas-là.

Dans la chambre, l'infirmière avait allumé une lampe éloignée du lit pour ne pas fatiguer les yeux de la mourante. Cette pâle lueur suffisait à faire luire le visage de Félicia, mais ce n'était pas la sueur qui le vernissait. Plus tard, Julia estima qu'un dernier sursaut de vie avait brièvement donné ce brillant à la peau grise.

– Tu voulais me dire quelque chose, juste avant que l'infirmière n'arrive.

Elle se pencha vers cette bouche ouverte sur les fausses dents trop blanches.

– Chambre…

– Ta chambre ? s'étonna Julia.

– Perdue.

Julia ne comprit pas tout de suite ce que voulait dire sa mère et elle insista, mais Félicia ne réussit qu'à répéter ce mot de perdu et, d'un coup, la jeune journaliste se souvint.

– Tu veux parler de cette pièce que ton mari aurait vendue au voisin ? Le vieux Malaquin qui l'aurait roulé. C'est pourquoi on ne lui parlait plus ? Il est mort il y a bien longtemps. Ses enfants ne viennent que l'été. Sa maison, ou son appartement, je ne sais pas, est un gourbi infâme.

Dans un effort considérable, sa mère secouait la tête, paraissait sur le point de pleurer d'impuissance. Dans un élan inattendu, Julia prit le maigre torse dans ses bras et appuya son oreille contre un cœur défaillant.

– Pas perdue… Tapisserie.

Julia lâcha sa mère dans un sursaut de terreur, pensant que quelqu'un venait de prononcer ces mots d'une voix forte, avant de réaliser qu'ils avaient réussi à sortir de la bouche de Félicia. Tel un dernier cri. Maintenant elle ne bougeait plus, épuisée, les paupières comme enroulées autour du globe oculaire dans une ultime volonté de ne plus rien voir.

Julia allait répéter ces trois mots mais n'en fit rien, se redressa, recula, mais au moment de passer dans le couloir, fut prise d'épouvante, claqua la porte, les enfermant toutes les deux. Elle se réfugia vers Félicia, lui prit la main pour la serrer contre sa poitrine.

– Donne-moi le courage, murmura-t-elle. Tu as été si forte toujours. Silencieuse et solide.

Elle reposa doucement cette main abandonnée peu à peu par la vie, sortit dans le couloir, alla vers le fond et passa la main sur la tapisserie à grosses rayures. Puis, de son index recourbé, elle frappa, comme si elle rendait visite à quelqu'un de l'autre côté, redoutant qu'un voisin surpris ne vienne soudain ouvrir une porte invisible, fendant, déchirant la tapisserie épaisse.

Dans la cuisine, elle prit un couteau, le planta dans le vide qu'elle avait repéré à hauteur de son front, souleva le papier peint, découvrit le haut d'une porte. Elle découpa selon une ligne horizontale. D'un coup, la tapisserie bascula lourdement. Elle était collée sur une plaque de contre-plaqué qui unifiait les moulures de la porte dissimulée derrière, évitait toute rupture dans la paroi bien lisse. La poignée démontée avait laissé un trou. Elle essaya d'enfoncer cette porte, puis alla prendre la poignée de sa chambre et en introduisit la tige carrée dans l'ouverture. Au moment d'appuyer, elle retint sa respiration, ferma les yeux et ouvrit.

Le médecin vint à dix heures du soir et insista tant pour qu'elle ne reste pas seule qu'elle mentit, dit qu'une amie devait la rejoindre pour veiller durant la nuit. Il n'avait

certainement pas envie d'être réveillé en pleine nuit quand sa mère mourait.

– Elle ne verra pas le jour se lever. Je passerai de bonne heure demain matin pour signer l'acte de décès. Appelez tout de suite Mme Desroches, votre infirmière. Elle fera la toilette mortuaire.

Il finit par s'en aller à regret, ayant certainement espéré que Félicia mourrait et qu'il ne serait pas forcé de revenir pour les formalités. Elle se demandait si sa mère garderait assez de conscience pour entendre ce qu'elle avait à lui dire.

Enfin seule, elle referma la porte de la chambre. Elle n'évoquerait pas l'horreur qui gisait sous un drap gris de poussière après vingt ans d'abandon dans cette chambre close, clandestine, qui n'avait jamais été vendue à leur acariâtre voisin.

– J'ai trouvé ta lettre dans l'enveloppe et le sac. Dans celui-ci, il y a des billets de cinq cents francs, d'épaisses liasses de cet argent qui n'a plus cours. Dans ta lettre, tu reconnais avoir prélevé un million pour partir en Italie me faire opérer. Et aussi distribuer des pots de vin pour que je devienne officiellement ta fille. La fausse rançon était de trois millions et il en reste deux auxquels, par la suite, malgré notre pauvreté, tu n'as jamais voulu toucher. Sémillon avait demandé à Victor Soulier non seulement de me kidnapper mais aussi de me faire disparaître à jamais. Comme je l'avais compris, et la nounou Mme Lopez avant moi, il ne pouvait prendre aucun risque. Sa femme m'aurait peut-être finalement acceptée, mais la présence du bec-de-lièvre la rendait hystérique et, à tout moment, elle aurait pu déballer que cette adoption n'était qu'un coup médiatique monté pour redorer le blason de son mari. Là-dessus l'enlèvement apparut bientôt comme un coup de pouce encore plus important, puisque la France entière fut bouleversée. Dès lors, la carrière de Sémillon fut exceptionnelle.

Elle essaya d'approcher la tétine de la bouche entrouverte, mais en vain. Félicia était au-delà de la soif, au-delà de tout, peut-être au-delà de la voix de Julia.

– Tu as tué Victor Soulier, ton mari, pour qu'il ne me tue pas. Il t'avait certainement laissé croire que ce faux enlèvement préserverait la petite fille que j'étais, et, qu'avec la rançon, vous iriez vivre ailleurs pour me faire opérer. Mais il mentait. Tu as condamné cette chambre où il gît sur le lit dans une grande housse, tu as laissé les deux-tiers de la rançon, cette lettre explicative. Tu as condamné la porte avec du contre-plaqué et en retapissant tout le couloir. Il t'a fallu attendre des semaines, des mois, avant de pouvoir partir en Italie. Tu devais me cacher ici et apparaître au-dehors comme une femme abandonnée par son mari.

Elle reposa le biberon, s'assit sur le lit à côté de sa mère.

– Tu n'écris pas si vous avez été inquiétés par l'enquête. Mais tous les agents électoraux de Sémillon l'ont été. Il semble que la police se soit acharnée sur la nounou puis sur le jardinier propriétaire du cabanon de la Madrague. Je suppose qu'une fois en Italie, chez ta sœur, tu as redouté longtemps qu'on ne finisse par s'intéresser à toi, mais il n'en fut rien et, des années plus tard, tu finis par rentrer en France. En dépit de la chambre perdue, ou peut-être à cause d'elle. Tu préférais être ici pour veiller sur ce secret.

Elle s'agenouilla au bord du lit, prit la main froide de sa mère, l'embrassa, la garda pour essayer de surprendre le pouls introuvable.

– Tu t'en vas et je ne peux te remercier de ce que tu as fait pour moi, pour tous ces risques que tu as pris. Dès que j'ai su que j'étais une enfant adoptée, je suis devenue agressive, révoltée et je t'ai considérée comme une ennemie, pas constamment mais assez souvent pour que tu en souffres, même si jamais tu ne te dépouillas de ta dignité glacée, de crainte que, dans un abandon sentimental, tu ne trahisses la sordide réalité. Maintenant, c'est à moi de prendre la suite. Tu as, dans ta rigueur morale, pensé que je devais terminer ta tâche, faire disparaître à jamais toutes traces de cette tragédie. Il ne doit rien rester de Victor Soulier et je ne pense pas que ce sera au-dessus de mes forces, d'ici quelques mois quand j'aurai accepté ta propre disparition. Je vais avoir tout le temps d'y réfléchir désormais. Ne t'inquiète donc pas. On continuera de croire que Victor Soulier t'a abandonnée un jour et n'a jamais reparu. Un tel voyou laissa en disparaissant tout le monde soulagé et indifférent à son sort.

ne verra pas le jour se lever. Je passerai
demain matin pour signer l'acte de
tout de suite madame
Elle fera la toilette mortuaire
infirmière. Il finit par s'en aller à regret, ayant certain
espéré que Félicia mourrait et qu'il ne serait
forcé de revenir pour les formalités ! Elle se
conscience
la porte de la
Enfin seule, elle referma
dans cette chambre
jamais été

Al. Am. Courbet
St-Hilaire
Pl. Fulcran Suchet
R. Dr Carence
Général
de
la
Porte de

ARTICLES
MILITAIRES

Né en 1928, **Georges-Jean Arnaud**, prix du Quai des Orfèvres en 1952, n'a jamais cessé d'écrire sous son nom ou sous pseudonymes. Il aborda tous les genres populaires avec une égale réussite, marqua la science-fiction avec sa saga *La Compagnie des glaces*, mais privilégia dans son œuvre policière le roman noir. Avec un regard critique sur la société française, il choisit des personnages sans pouvoir, anodins, médiocres, jouant leur ambiguïté, démasquant les monstres derrière les apparences. La « maison » et ses secrets deviennent chez lui un thème récurrent et malheur à l'imprudent qui cherche à les mettre à jour.

Georges-Jean Arnaud publia également des ouvrages historiques sur Toulon et sur ses ancêtres occitans. Une quinzaine de ses romans ont été adaptés au cinéma et à la télévision.

Collection « Noir urbain »

Tours de clef
Claude Amoz

Petite mort sortie Rambuteau
Marc Villard

La vie Payenne
Jean-Bernard Pouy

Évasion rue Quincampoix
Laurence Biberfeld

Les passeurs de l'Étoile d'or
Dominique Sylvain

Venin, place du Maucaillou
Éric Tarrade

Achevé d'imprimer en septembre 2004 par Snel Grafics s.a., Liège - Belgique
pour le compte des Éditions Autrement,
77 rue du Faubourg-Saint-Antoine, 75011 Paris.
Tél. : 01 44 73 80 00. Fax : 01 44 73 00 12.
E. mail : contact@autrement.com
ISBN : 2-7467-0586-9. Dépôt légal : octobre 2004.
Imprimé et broché en Belgique.